속울음으로 꽃망울 맺고

한그루 시선

속울음으로 꽃망울 맺고

강윤심 시집

속울음으로
꽃망울 맺고

차
례

제1부
연밥

제2부 커피콩 사랑

제3부 꽃의 숨결

제4부
낮달과
어머니

제5부
멍울지는
내 목울음

해설

시인의 말

잔잔한 풀꽃 그려진 고무신 신고
첫 시집을 맞이한다

어느 날 귓전에 안녕
여운을 남기고
사우디아라비아
2년 동안 색동 항공우편 연서

초야의 밤은 경주에서
촛농으로 흐르는
뜨거운 사랑을 품었다

그 후 30여 년 삶의 여정
가시엉겅퀴 붉은 울음이다
천둥소리로 눕는 새벽 바람
그리고 빗물

어느 여름날
어린 여식을 위하여
바람 드는 쪽문에 차롱밥 달아놓고
바릇 가신 아버지 닮은
당신의 사랑으로 펜을 놓지 않았다

‘사랑은 소리가 나지 않는다’ 하여
소리 없는 눈물의 삶을 시어로 엮었다

하늘에 별정기 흐르는
새벽 바람을 향해
목젖으로 크게 부르고 싶은 이름
강 일 사랑한다

2025년 3월 소연이 생일날

제1부

연밥

연밥

갈빛 물든 식탁에 앉아
한 장 두 장 연잎 펼치며
아직도 우리 사랑
접을 수 없는 작은 연못
물그림자

한 그루 나무 그늘 마당
참새 떼 불경 읽는 다담에서
그리움에 노랑노랑 생강꽃 핀
산나물무침 한 수저 눈물 고봉

정성으로 저마다의 사연 싸매며
진흙에서 피어오르는 깊은 묵언 수행

막걸리 한잔

그를 보면 첫사랑
젖다 웃다 또 한잔
블랙커피보다 달달한
믹스커피 생각난다

터미널 가마솥 순댓국
매일처럼 쌀뜨물 뽀오얀
그리움으로 그이가 오다

폭풍우 바람이다
까마귀 하늘 눈밭이다
봄꽃으로 오는 그를 보며

천 원 지폐와 손바닥에서
검지로 헤아리는 동전닢
지극한 표정을 짓는
얼굴 가득 번지는 미소
아들 그리고 노모님 모신다죠

클린 하우스

가게 일 끝나고 돌아오는 길목
클린 하우스 음식 통을 열고
거름망에 걸려있는 소화불량
체중을 털며 눈시울 붉다

불빛 희미하게 안개비 내리고
전봇대 위로 하늘하늘 하늘레기
대여섯 개 달린 목숨 질긴 마른 줄기
서쪽 밤하늘 허리 굽은 하현달

꽃눈 닮은 울 언니
아무렇게 버려진 포장끈
살얼음 털어내며 묶던 밴딩 끈
자주 풀리기만 하여 적막한

봉숭아 꽃물 든 손톱 아리며
저토록 묶어 단장하셨구나
클린 하우스 작은 의자 빈 그림자

씨 싸이드 카페

슬픔의 저변에는 어떤 그리움인가
겨울바다는 포구 안에서 조물조물
물수제비 뜨고 있다

들물인 듯 썰물인 듯 깊은 듯 얕은
카페 문을 열고 들어서면
누구에게는 이별 같은 저음의 음악이
피아노 건반 위를 커피 향내로 젓고 있다

우리 사랑하였나
내게 물어볼 수 있는 시간
깊은 겨울바다 속내 울음 묻어 놓고
오롯이 바윗돌로 나앉아 있다

찻잔

가을 공원 산책길
마핑고 카페 앞을 지나다
벤치 탁자 위 커피잔을 본다

땡그랑!
새벽 범종으로 오는
가슴 적시는 정안수 한 그릇

아니 어쩜
저 높이 떠 있는 새벽달
밤새 전하지 못한 말을
담아 놓은 잔 같다

너믈재 비트생강차

덖음으로 우리는 만나야 한다
나의 매운 슬픔을
너의 붉은 사랑으로 감싸고
오늘은 뜨겁게 사랑하자

이유 없이 배앓이가 시작되고
언덕배기 오르는 자동차 바퀴의
부딪침 마찰 소리도 아프다
어디든 멈춰 눈길 닿으면
별 나비 구름 하늘 모두 허공이다

다라굿 너믈재 다리 아래
맑은 물 골짜기 바람 드네
마지막 가을볕 사랑아
다시금 뜨거운 덖음으로
소리 없는 슬픔을 베어 물고 가자

카페에서

맨땅 맨발 걸음으로
마음의 싸리빗질을 내리고
공원 옆 작은 카페에서
잠기듯 명주실 은빛 음악을 듣는다

사랑이 저물고
그립다 차마 전할 수 없는
저 깊은 하늘 끝자락
구름으로 떠 있는

사랑아
머물지 마라
커피잔에 뜨겁고 쓰디 쓴
흙빛 눈물 머금고 가라

꽃비

포로롱포포롱
어린 새들이 날고 있다

작은 나래짓으로 오는
바람의 숨결

수실 하나 뽑아 문
내 아이 손수건 이름표

먼저 닿아 젖은 눈시울
꽃비 내리고 있다

별도봉 그 바닷가

가슴으로 바람을 맞는
소나무
이곳에도
함박눈이 빗금을 친다

아,
포말로 울지 못한 그리움
그 끈이 어느만큼 가슴 아려

언덕배기 민들레
하얀 포자
물새 울음 젖는다

제주대학 가는 길

꽃잎 벙글며 생각이 피어나는
제대 가는 길 카페에 앉으면
온몸으로 흐르는 산안개
그리움을 덮는다

건너편 길가
보랏빛 산수국 작은 별꽃
누구를 생각하며
저토록 사무치게 피었나

해질녘 어스름
거친 손등 어루만지며
돌고망 입술 튼 바람

하늘가 무지개 따라나선
여름 소나기에
동박새 한 마리
꽃으로 포로롱 날아든다

어느 날의 여정

아무런 채비 없이 혼자 걸어가는 길
누가 바람결 띄우나
벚꽃잎 지고 가지마다 연초록 잎
새들의 지저귐 물방울로 구르다

고무밑창 낡은 운동화 끌고
세상 속으로 서둘러 가지 않아도 좋은
누가 무엇이라 나무라는 이 없는 이곳
물안개 자욱하여 붕붕 무적이 울 때
저 물밑 세상
등댓불 밝히는 그 누구입니까

무심히 눈길 닿은 돌 틈
저만의 고집으로 비집고 앉아
구차한 살림살이 일구어 내는
민들레의 가슴팍
아, 당신의 꽃자리

숲길에서

까치가 날아왔다

쪼는다
간밤 맺지 못한 시어들
까치가 입맞춤으로 줍고 있다

낙엽이 바람결에 떨어지고 있다
보고 싶다 마음 품은
그리움의 엽서들
여기 잠시 머물다
오지 못할 발길처럼
아쉬운 표정으로 길을 떠난다

짧은 사랑

새들의 합창을 들으면
그 사람 생각난다
한번쯤은 바람으로
햇살로 그를 만나고 싶다

날 바라보는 제비꽃에
는개 젖은 입맞춤한다
그리움으로 출렁이는
아, 나의 사랑

겨우내 시린 가슴 안고
소리 없이 다가오는
봄까치꽃처럼
말없이 지고 없는 풀꽃사랑

제2부

커피콩
사랑

눈길을 걸으며

폭설이 내렸다
지상에 이불을 덮어야 할
올 한 해 의무가 있었나 보다

선이에게서 전화가 걸려왔다
소소호호 단짝에게 가자 한다
집에 깔려 있는 홑이불 그냥 두고

밤 눈길 신호등 사거리에서
선아 윤아 서로의 이름 부르며
눈 쌓인 길 걸어간다
머잖아 맞이할
칠순의 세월 속을 걸어간다

공원길 생각

아무도 없다
흐린 날이다
마음을 추스르며 맨발로 걷는다

아까참에
옹골찬 양배추 서넛 갖고 온
승화는 변함없이 말수가 없었다
가게에서 만든 나가사끼 짬뽕
그녀가 가고 난 후에야
양배추를 켜켜이 썰어놓지 못한
내 맘이 야속하다

발등 실핏줄이 아프다
문득
소매 끝자락 젖는 그리움 밀려와
손 모아 기도하는 풀꽃으로 스민다

새벽 풍경

새벽이슬 맺으려다 물빛 달그림자
저속기어에 놓고 아파트로 접어든다

앞으로 고개 숙여 행렬로 쭈욱 뻗은
주차된 승용차 따라 마지막 끝 집

주차번호 그려진 그곳 301호
이맘때는 언제나 범종소리가 들린다

뚜벅뚜벅 돌계단 오른다
아직은 모두 잠든 시간
현관 앞 매달아 놓은 작은 풍경 숨소리

애기버섯

며칠 큰비 내리더니
가을이 성큼 곁에 서 있다
누구에게 도움 줄 수 없는
마음 자락 풀빛물이 갈빛으로
스멀스멀 기울며 앉아있는
카페 한 모롱이
혼자라서 좋을 때가 있듯
나는 늘 혼자의 방문이다

그리움 번지듯 짙은 안개비
어스름 녘 산까치 울음
어느 누구에게도 갈 수 없는
우리 깊은 사랑
산이슬로 내리며 울어울어
제 몸 스스로 우산이 되는 애기버섯
어미는 오늘도 머물다 가노라

일기 하나

아침 6시 30분
새벽 장사를 마치고 잠든
나에게는 이 시간이 꿈길이다

하루도 빠지지 않은 어언 40년
추억의 일기로
써 내리는 사람이
오늘 문자 톡을 보내준 덕분인가

오후엔 눈밭을 볼 수 있었다
큰 상수리나무 아래 겨울 참새
발자국으로
나 대신 하얀 글씨를 쓰고 있다

라이더

바람의 갈기로 오셨군요

낮 어스름 그리고 밤
타다다닥 따닥 삐거걱
좁은 계단 이층에서 아래로

달빛 실은 새벽 별똥

산천단동 2길 24번지
창가에 걸어둔 풍경 소원

잘 도착하소서 부디

그녀

시를 읊조리듯 낮은 음성
커피를 내리는 손길 옆에서
계란빵을 접시에 올린다

짧은 안부에도 늘 감사
나는 오늘 누구를 위한
사랑을 전하지 못했다

카페문을 나서다
바람 한 점 없는 오후
겨울은 그녀로부터 따스하다

귀가 시간

야식 장사를 마치고
새벽으로 시동을 걸어놓는다

누수가 흐르듯
땅으로 눈꺼풀이 풀린다

거리에는 아무도 없이
이따금 재빠른 킥보드 지나간다

비탈길 솜 태움 양철 쪽문으로
쏜살같이
여명의 샛바람이 든다

커피콩 사랑

한 번 더
안아주지 못하였다

스물아홉 떠나보내고
큰 나무로 서 있는

글썽글썽 붉은 열매
목젖 부어오른 그리움

함께 마시던 커피잔
어루며 있다

무의미

생명의 뿌리는 어디에 있는가
길을 걷다 밟힐 듯 소스라치는
나의 발바닥 아래 노란 화관
민들레 아기꽃 웃고 있다

쇄골 아픈 바람이 불 때마다
머플러 휘휘 감겨오는 통증으로
길을 나서면 생명의 물소리
충혈된 눈으로 마음의 창 여는

나는 늘 미안하다
공원의 자갈돌을 밟으며 아픈 발
어깻죽지 그리고 그리움에게
날개 피어있는 가난을 선물한다

소소호호

길을 걷는다
바람과 함께 어스름길
중년의 허리춤 그 골목을 가고 있다
소소호호 교복 왼쪽 가슴에 명찰처럼
두 갈래 땋은 머리 어깨 위로 내리고
소녀 인형이 웃고 있는 하얀 집 북카페

책을 고르며 단발머리 여자가 웃고 있다
한 켠 긴 소파 탁자에 모인 그녀들은
조각케익과 허브티
댕우지와 찹쌀 와플

낡은 책상 지평선을 그려내듯
웃음소리
그때 철수와 명희는 잘 살고 있다지
우리의 첫사랑 동화책 속으로
네잎클로버 갈피 초승이 뜬다

어느 봄날 오후

오늘은 영이랑 달자랑 와산마을
산비탈을 찾았다
밭두렁에서 호미자루 들고
갈래머리 길게 자란
달래를 켜며 땋음머리 올리듯
돌돌 말아 손에 들고

폴폴 날리는 벚꽃잎 바람결에
기지개 켜며 자란 쑥을
캐어 놓은 바구니에
머위잎도 뜯어 놓는다
영이는 안개 속 오리무중 잠시 후
헤헤헤 웃으며
남편이 좋아한다며 한 움큼 두릅
펼쳐 보인다

우리는 서로의 입에 새참을 넣으며
어미새가 된다
블랙커피로 달래던
목울대 아픈 지난 날들의 시간
서로가 마주보며 젖은 눈에
눈부처로 서 있다

안개가 산그림자 데리고 놀다 가는
해질녘
새들이 지저귀며 발길을 재촉하고
쫑알거리던 풀꽃 잎도 어느새
엄마 품에 안긴다

제3부

꽃의
숨결

냉이꽃

유난히
얼굴 빰 비벼 대주던

이제 네 이름만으로도
차마 다가설 수 없구나

어머니
냉이된장국 한 그릇 더 주세요

해마다 냉동고 안에는
켜켜이 봄 냉이 쌓아 두면서

시리도록
가슴에만 피는 꽃

봄까치꽃

언제 왔니
벨 누르지 않고

그래 맞아
아무도 없었어

메모 적어 둘까 하다
따사로운 햇살 바람결에

땡그랑 문지방
아기종 치고 말았어

제비꽃

한 줌 흙에서
몰래 울었을지도 모르겠다

새벽 이슬비에 목 축이며
달그림자 그늘 아래

그리우면 더 높은 별빛 보며
떠난 자리에 숨결로 남아

이토록 눈물 나도록 기쁜
너의 주소지는 눈빛 머무는 이곳

칸나 꽃길 걸으며

어린 시절 초가집 뒤란
장독대 벗 삼아 피어 있었지
잠결에 듣는
이른 아침 장독 여는 소리

햇살 잘 들이기 위하여
어머니가 열어 놓은 뚜껑
후드득 빗소리를 크게 내곤 하지

그동안 배운 인생
아이는 장독을 닫았지
비 그치면 다시 열어 놓고
장난치듯 날 놀리던 그 비
어른이 된 후 여우비란 걸 알았지

칸나는 달래주었지
꽃잎에 물방울 달고
젖지 말라고 대신 울어 주었지
나는 혼자 텅 빈 하루
해질녘에 오실 어머니 젖가슴 그리며
머루 같은 까만 눈동자만 굴렸지

도시 한복판 아스팔트
그 인도 칸나 꽃길 걷고 있지
점점이 멀어진 어린 시절 그 칸나
이 길가로 돌아온 것 같네

강아지풀

아파트 울타리에
두런거리며 앉아 있는
보조개 고운 아씨들

다갈색 머리 흔들며
세상에 찌든 것은
바람결에 떠나보내자는

소연이
늦은 밤 학원에서 돌아올 때
달빛에 비친
앗, 강아지풀 새삼 반가웠을
요 작은 것 생각하니
그리 예쁘다

속살 붉은 가을볕 마당
솜털 고운 얼굴 보노라면
목덜미로 미끄러지는

웃음소리
하늘도 함께 웃고 있다

맥문동꽃

8월의 뙤약볕을 견뎌야
맺은 사랑도 떠날 채비를 한다

묵언수행하며 걷는 공원길
양말을 벗어 맨발로
자갈돌 밟으며 돌아설 때
풀섶에 저 홀로 키우는
보랏빛 그리움
우리 오래도록 만난 사이 같다

느닷없이
늦여름 소나기가 지나간다
옥빛 방울방울 열매로
눈물 가득 차오른다

부추꽃

우리 사랑 끝나지 않았다
눈물샘 키우며
죽순처럼 자라나는 상처의 그늘
목선 길게 울고 있는
하얀 울음

달맞이꽃

야트막한 비탈길
그대가 있다
바람 따라 몸 뉘고
달빛 아래
옷고름 풀어 놓는
물찬 그리움

무명초

분명 네게도 이름이 있지
무슨 주름꽃이라 하더구나
어찌 네게 주름꽃이라 했을까

답답하여 동네길 걷다
내가 네게로 네가 내게로 닿은
외진 골목

아무 말도 전하지 못하고
우리는 피어났지
콘크리트 바닥 흙꽃으로

별도봉 동백꽃

소리 내어 울지 않는다
비바람에 젖고
바다 칼바람 맞서
안으로 숨 몰아 품는 사랑아

아, 한겨울
물보라보다 고운
심장의 꽃으로
순애殉愛의 비문을 쓴다

행운목꽃

보고 싶다 쓰다 지우고
사랑한다 말하다 멈칫 서 버린
한가슴 당신을 향합니다

어제도 그러하듯 물 한 모금
당신의 염원 간절하였기에
빈손 마음 하나 당신 곁에 있어요

비 내리는 날
믹스커피 한잔 목젖 적시며
딩딩 속울음으로 꽃망울 맺고

목련

젖멍울이 아프다
3월 탄생 아가야

초유
이름 하나만으로

꽃잎 벙그는
엄마의 하얀 숨결

양지꽃

네 영혼의 아픈 자리
엄마 찾아왔구나

어찌 품으로 안을 수 있을까
한 움큼 울음 박힌 돌부리

양지꽃 노랑노랑 울다 웃는
곱디 고운 내 안의 그리움

먼 길 왔다 뜨는 별 하나
아픈 사랑 보고 싶다

달개비꽃

어머니 하고 부를 것만 같은 봉분 하나
하늘은 구름 펼쳐 가을빛으로 온다

24시간 하루처럼
완벽하게 마침표 생의 점 하나

지상의 울음꽃이 하늘 위로
닭의장풀 달개비꽃

어머니 하고 부를 것만 같은 가슴
그 무덤가 달개비꽃이여

수선화

여고 시절 땋은 머리 소녀로 온 친구
긴 세월
우린 언약처럼 변함없지요

어떠한 일에도 서로의 눈빛으로
먼저 느낌으로 손 내미는
웃음으로 보자기 싸매는 반평생

겨울 산모롱이 돌고 나오는
바람의 몸 지친 일상에서도
다시 옷매무새로 웃는

쌓일 듯 내리다 흩어지는 눈
수선화 꽃내음 향기 실은
겨울나그네

제주 고사리

반평생 살아가는 길
안개숲처럼
는개비 젖은 마음 품고
살고 있다

반쯤 허리 굽은 자세로
고깔모 머리 조아리고
찔레가시 덤불 헤쳐
꿩울음 울고 있다

속세에서 우지 마라

오월 끝자락
가슴 비집고 앉은
그리움
산야는 하얗게 찔레꽃
피우고 있다

소엽풍란

오지의 낭떠러지
오직 한 몸 감아오르는
젖빛 뿌리의
오르가즘

뉘를 향하여 부르는
그리운 이름인가

칸나

내리쬐는 뙤약볕에도
늘 눈시울 젖는
꽃잎

뜨거운 아스팔트 지나
어느 좁은 농사길
막걸리 한잔 걸친
농부의 오줌발에도 오롯한

네게 어느 사람은 까발리다 하여
화냥년이라 부르면 어때
어스름 녘 꽃잎 고운
누이와도 같은데

소낙비 내리치면
뒤란 장독대 먼저 와 있는
어린 시절 네가 그리 그립다

제4부

낮달과
어머니

낮달과 어머니

가늘게 부는 바람
멀리멀리 가고 나면
저 하늘 낮달쯤에
어머니 계신 것 같다

온몸 은빛 화문 그리는
포플러 그늘 아래
소낙비 내리치듯
누구를 찾는 것 같은
자지러지는 매미소리

낮달을 보며
어머니!
저렇게 떼쓰고 싶어요

오누이

초저녁 하늘에 별 하나
가슴에 지닌 기억
눈가로 달무리 진다

사진을 꺼내 보다
개울물 소리로 닿는
물빛 고운 울 오빠

그해 새벽 귀갓길
여름 소나기 여울지며
둥둥 둥둥
지지 않는 포말꽃

덧버선

자취생 딸내미 겨우살이
어머니는 당신의 덧버선을
벗어 신겨 주셨지요

빛바랜 세월
첫눈처럼 하얀 기억으로
하늘의 편지를 읽습니다

이제는 발 시리지 않지?
세상 사람들은 아름답다
그래, 아파하지 않는 거다

친정 가는 길

한라산 중턱 굽이돌아 온 버스
하례리 입구 정류장에 내리고
안개 자욱한 좁은 길 접어드는
길목
개망초꽃 하얗습니다

이맘때 모란꽃이 보이는 뜰
작은 연못가에서
"아버지" 하고 부르고 싶지만
무슨 사연 그리도
빗자루질 하는
개구리 울음소리

"어머니" 하고 부르고 싶지만
민들레 꽃 진 자리 돌담 짚으며 오는
희미한 그림자
한 줄기 바람에 흩어질까

초인종 없는 대문을

목젖이 아프게 누릅니다

돛배

바람의 섬
당신은 오늘도 바람으로 닿습니다
키 큰 벚나무 잎새에
파도처럼 바람 일고

어기어차 어기어차
등짐 내리지 못한
아버지의 무거운 물채옷
젖어 있어 울지 못하는

당신은 그렇게 순비기꽃처럼
굵은 울음 묻었지요
파도의 섬 물보라
어디로 가고 있는지

돛대 따라 끼룩끼룩
나는 갈매기 소리에
당신은 다시 바람으로 일어섭니다

가마솥 순댓국

초입으로 접어드는 겨울
어머니
어여 가거라 손사래짓 그립습니다

아기 손 주먹만 한 그리움 품고
가슴은 늘 노을빛 울음
저 불덩어리로도 못 태우는 보고픔

배냇저고리 젖내음이 나는 듯
탁자에 놓인 막걸리 한잔
순댓국 뚝배기 한 사발
어머니 고맙습니다

전상서

어머님
겨울 눈밭은
솔바람 내려와 나비처럼
눈꽃을 피우고 있습니다

뵙고 오는 길
석양이 저물고
바다 위를 날으는 기내 창밖
하늘길 초승이 보입니다
별이 보석으로 빛납니다

제주 바다 위를 나는 날개는
물살을 헤치듯
흔들리며 먹구름을 흘려 보내고
머잖아 땅위를 밟을 거예요

어머님!
하늘의 부르심을 기다리며

두손 모두 깍지 낀 채
손가락 마디마디 맺힌
사형제 향한
간절한 당신의 기도를
간직하며 지키겠습니다
어머님!

가을밤

창가로 돌아 눕는다
그해 팔월의 새벽비
처벅처벅 꿈길를 낸다

젖은 발목으로 떠나는
뒷모습이 아프다
강물 따라 물결 이루며 건넜을까

매일밤 창가 쪽으로
돌아 눕는 어머니
구슬픈 귀뚜리 이명으로 옵니다

달무리

갈빗집 아르바이트하고
늦은 시각 집으로 오는
아들 모습 지아비 닮다

졸음에 겨운 눈을 하고
먼지바람 함께 오는
내 눈에 출렁이는 물동이

사랑아
어서 오려무나
땀내음 젖은 머리카락 이마 맞대니
저 깊은 하늘가 달무리 진다

그리움이 있는 곳

제비 한 쌍 날아들어
둥지를 트는 집

한라산 자락
치마폭으로 감싸 안은
뜰 안 가득 모란꽃 피다

먼 산 바라보며
등 기대어 앉은 노부모님

네 자매 딸보다 먼저
문안드리는 새끼 제비
나란히 앉은 집

"어여 어여 가거라"
모처럼 찾아뵙는 딸
갈 길 먼저 걱정하는 어머니

손사래 치며 짚는 돌담 아래
무더기로 피어 있는
제비꽃 보라

어머니 꽃고무신 놓고 갑니다

뒤란의 목화

유난히 추위를 타는 딸을
시집보내며
"등 시리면 껴입어라"
차렵저고리 주시던 어머니

머리에 쪽지고
언제나 하얀 치마저고리 모습으로
신앙생활 하시던 어머니 일생은
엄숙한 외곬 인생

뒤뜰에 심은 한 그루 목화도
세월 따라 어머니 노년처럼
빈 가슴 메마른 젖꼭지로
눈보라를 견디는데

하얀 그리움에 목이 메어도
차마 "어머니" 하고 부르지 못합니다

친정 나들이

사위 사랑은 장모라던데
못내 아쉬운 듯
어머니는 마당 한 켠
소국을 꺾어 한 아름 안긴다

날 저무니 어서 어서 가거라
등 떠밀 때
어이, 어이 목청 높여 발길 세우는
팔순의 아버지
몇 그루 감귤나무에서
청과를 딴다

끌어안아 보기에는
훤칠히 커버린 손자, 손녀
손등 어루다 말고
눈길 돌리는 돌담 너머
여우별
여우별이 스러진다

베란다에서 우는 귀뚜라미

어둠 함께 찾아온
네게 아픔이 있느냐

울어라

한 치 물러서지 않는 고독
촛대에 심지 박고
타 들어 흐르는
촉루처럼 아프게 울어라

“엄마, 귀뚜라미 두 마리가
울면 좋겠다”
소연이가 한 말 사포질하는 밤

창문 열어 놓는다

산 굽이굽이
먼 길 찾아 가던 날

약속과 다르게 비구름
바람 맞서 목 놓아 울던

그날처럼 바람 드는 날
가거라 사랑아

별도봉에 부는 바람

소나무에 등 기대어
둥지를 본다

아버지
그 끝 닿을 수 없는
그리움

바다 건너
꿩 울음 섞인
갈바람

풀숲은
소금기 밴 아픔
털고 있다

통째로 떨어진

동백꽃과

들숨 날숨으로

노 젓는 파도

터

내 몸 핏줄로 뻗은
유년의 기억

아버지 목소리에 차오르는
안개숲

간밤 뒤척이던 한숨을 끌고 가는 파도
휘청이는 아침
그물 치다 말고
식은 보리밥 한 술 베어 물면
파도는 또다시 날을 세우고

70 평생
한 됫박의 자리돔 퍼올린
텅 빈 가슴
너울 칠 때마다
훅 훅,
큰 숨 들이킨다

아버지의 겨울

마른 번개 치기도 합니다
사락사락 소리조차 없는
진눈깨비

새어드는 문풍지 바람
밤새워 주낙 꿰며
대청마루 그물 치는
기침 소리

그 소리마저 겨울
신새벽
깊은 바다로 끌고 가
너울 일으키는

고비마다
어느 한 곳
마른 곳 없는 겨울 바다

좀녀

내 고향
표선면 하천리 하동 39번지
초가삼간
밤마다 문풍지로 울리는
물결 잦는 소리
처얼썩, 처얼썩
당신의 자식 품으로 끌어안기
위한 한숨이었습니다

검푸른 바다
태왁 짚고 끈 동여맨
굽은 허리춤
듬북* 너울 치고
훅,
큰 숨 몰아 비창** 들고
자맥질하면
물거품으로 치솟는
당신 가슴팍

바람 불고

물마루 높습니다.

아직도

당신은

숨비 묻어야만 할

저 깊은 텅 빈 바다

거꾸로 매달린 고동소리만이

피안의 문 두드립니다

* 듬북: 거름용 해조류.

** 비창: 해녀들이 전복을 캘 때 쓰는 도구.

저녁 이미지

소연아
너의 눈을 보면
이 엄마는 죄인이란다

병아리 같은 친구며
머리 빗겨주고 코 닦아주던 선생님
초코파이
요구르트
즐거운 간식시간도 마다하고

여름날 하루해가 그렇게 길던가

어린이 보호차량
해바라기 꽃그림
사력 다해 유리창 그늘에 매달린 햇살

천근보다
무거운 황혼을 지고
총총 내 걸음이 무색하구나

사우디아라비아

황량한 사막
타는 목마름으로
빗돌처럼
버티어 선 사람아

마르지 않을 오아시스로
우리의 꿈
홀로 짊어지며
땡볕 아래 가시 돋아 선혈鮮血로 꽃피우는
바윗돌 같은 기약

노을빛 빗은
산호잠 풀리던 초야
긴 장막을 뚫고
아침으로 온다

첫눈이 내리면

겨울은
다갈색 커피향 속으로 저물고
첫눈은 내리지 않습니다

어둠을 벗삼은
시린 그믐달 모습으로
떠오르는 당신의 얼굴
너무 멀리 있습니다

입가에 머무는 순진무구한 웃음
영원으로 약지손 걸던
높은음자리 사랑이었습니다

첫눈은 내리지 않습니다
첫눈과 함께 오실 당신은
그믐달로 높이 떠 있기만 합니다

서신書信

당신께
막내처럼 고운 제비 날아드는지요

여름에는
3층 높이로 자란 벚나무
무성한 잎에 짝을 찾는
까치의 요란한 지저귐 들리시는지요

가을 들판
까악까악 울음 차는
까마귀도 가끔은 날고 있는지요

그리고 겨울입니다

한 오라기 걸치지 않은 몸
성긴 눈발 맞으며 서 있는
가지 끝 둥지처럼

추운 거리
가로등불은 켜져 있는지요

제5부

멍울지는
내 목울음

개울가에 앉아

물이끼 푸른 돌 틈에서
추억이 자라고 있다

그해 여름
강일 함께 뜯은 돌미나리
새콤하게 무쳐 차려 놓은
밥상머리 웃음소리

물그림자는
우리의 서툰 이별처럼
날아가지 못하는데

물관을 이루며
눈물처럼 혈행만 하는데
숨죽여 멍울지는 내 목울음

린넨 내의

오랜 세월 친구처럼 지니고 있다
좀처럼 버리지 못하는 성미일까
그 또한 내 곁에서 낡아가고 있다

그러나 일 년이 넘고 퍼머가 파뿌리로
힘없이 내려앉아도 미장원을 찾지 않고
고무줄 하나로 머리 질끈 묶고
속울음 지니며 열 살배기로 곁에 있다

어머니 내의가 원피스 속치마 같아요
아들의 말이 속살 고운 바람결로
머리맡에 닥종이 스탠드 불처럼 켜 있다

그해 아들이 사준 여름 내의
세월 따라 길게 마직모의 속치마 닮다
구레나룻 눈썹 짙은 울음이
천상의 노래처럼 자꾸 내려온다

우리는

이별이라 하지 말자
잠시 떨어져 있다 곁으로 오는
바람이라 하자

그래도 생각 떠올라 가슴 아프면
길 밖에 잠시 있자
어딘들 아프지 않은가

보도블록 사이로 돋아난 풀포기
무슨 사연으로 고개 내밀고
하염없는가

이별은 기다림이다
네게로 갈 수 있는 희망 하나
가슴에 고여 언제나 출렁거린다

외도천 해질녘

속울음으로 왔구나
오늘은 아픔도 다르게 우는 것 같다

한나절 가을볕이 좋았는데
어둑어둑 땅거미 내리는 해변가

바다를 가로지르는 해거름
젖은 눈시울에 뜨겁다

물결이 부여잡은 슬픔
어디로 끌고 가는가
바다는 수만리 길 망망한데

아까부터 끄륵끄륵
갯가에 울고 있는 물새 한 마리

숙명의 길 위에

세차게 바람이 몰아쳐 오다
깊은 순간 물결 위에 떠 있는
하얀 국화꽃 한 송이
그 길 위에
포물선 그려내는 새벽하늘
유성의 별똥별아

아
작렬하는 칠월 이십칠일 별이여
새벽하늘에 불꽃으로 터지고 있다

숨어 있는 숙명의 길 위에
한낮의 더위를 몰아세우고
하늘은 또 그렇게 진혼곡을 부르다

가슴 치며 흩날리고 있다
안개숲 길 위에
물결 일으키며 새벽비도 울고 있다

산천단의 겨울

새벽 하늘에
별이 지고 있다

안개는 자욱하고
딩, 딩,
풍경이 숨죽여 운다

시린 하늘에
까마귀 떼 울음

아,
전하지도 부르지도 못하는
나의 그리움

마른 풀섶 위
눈물꽃
잔설로 앉아 있네

계란말이를 하며

벚꽃잎으로 내려 앉은 시간
쪽문 너머 는개 내리고 있다

당근을 다지고 계란물을 풀어
이제는 하늘길 떠나 곁에 없는

유난히 부추김치 좋아하는
너를 위하여
꽃대 올라온 부추꽃도 따 넣는다

어미의 한가슴 기름 두르고
젖멍울 차오르도록 팬을 달군다

장맛비

속사연이 이리도 깊어 밤새우고 있다
3층 높이로 우거진 벚나무 푸른 춤사위
오늘밤 바람은 속살을 베어 물고
창문 열어 봇물처럼 비 흘려 보내고 있다

강일이가 좋아하던 7월의 치자꽃 향기
40여 년 자리한 소엽풍란 하얀 꽃다발
언제고 내려놓을 수 없는 화장대의 영정사진
어미의 가슴 언저리로 번지는 장맛비

장맛비·2

첫 아이 배냇저고리
손톱의 봉숭아 꽃물로 젖고 있다

품으로 흘러드는 빗소리
포말로 빙빙 돌다 간다

새벽하늘도 내 첫 아이 보고파
번갯불로 세상을 살핀다

방울토마토

허공으로 가고 싶은 마음
어찌 홀로 잎줄기 뻗으며
한 줄기 바람으로 서 있니

어제는 푸른 꿈이
간밤 몰래 키워냈구나
이토록 가슴 설레는 선물

차마 서로 헤어지지 못하여
밤하늘 작은 별처럼
나의 머리맡 지키며 떠 있구나

소나기

왜 다시 돌아왔니
홀로 걸어가는
뒷모습 보며

하늘도 어찌할 수 없는
사랑이구나
그 발끝까지 젖고 있는

네가 품은
설운 가슴에 피어 지지 않는
몰래 울다 들켜버린 그리움아

숲

동네 공원 숲길은
큰 바람 없는 마음을
한 뼘씩 부려놓을 수 있어 좋다
간밤 꿈길 찾아온
먼저 하늘길 튼 아들
새근거리며 어미의 품에 햇살로 들고

지상의 씨앗을 쪼아
물고 있는 비둘기
한 걸음 한 걸음 풀포기에 앉는 그리움
저 하늘에 모여든 하얀 구름 속에선
내 아이 가을 소풍 술래잡기

귓전에 맴돌다 가는 솔바람 소리
떡갈나무 노오란 잎새들
우편엽서로 톡 톡 떨어지면
환희의 기쁨 바람의 갈채 가득하다

신촌리

개망초 키 큰 풀가지 스카프 두르고
갈대 무리에 서 있다가 저녁 해를 본다
닭머르 해안의 파도로 부둥켜 뒹굴다
차마 너의 이름 부르지 못하여
포구로 돌아와 못 잊어 하노라

젖멍울 아픈 작은 어선 한 척
출렁거리는 물결 따라 몸 뉘이다
홀연 물새 한 마리 나래짓 하늘 보며
구름으로 떠 있는 사무치는 그리움
나는 신촌리에 마음 묶어 닻을 내린다

바람의 일기

옷소매 실밥 하나 만지작거리며 걷는다
어둠의 벤치에 오래 앉은 공원
서쪽 하늘 작은 유리창
세 번째 돌맞이 하는구나

첫 돌 무명 실타래 들고 웃는
사진 한 첩 내 가슴의 묘궁
까르르륵 웃음소리
바람길 따라 안겨 온다

밤하늘도 새벽으로 가고 있다
나무 그림자 그네를 태우며
연달아 달려드는 바람 소리
그래, 훗날 우리 바람으로 만나자

바람의 일기·2

노루의 울음 섞인 목울대
길게 뻗은 5·16도로
숲 터널
이곳을 지나고 있다

8월의 마지막 그리움
더 이상 가슴으로 안을 수 없는
여름 소나기
번개 없이 빗발치고 있다

우두두두 차 지붕 위 흐르는 빗물
직립으로 한 몸 되어 울고 있다
새소리마저 포말로 뜨는 3주기
그리움아 어서 가자 해가 저문다

문지방

넘어갈 수 없는 강
바라보고만 있어도 젖어오는
내 안의 눈물샘
한나절 낮달로 오래 울었다

계절이 오고 지나가는 길목
노랗게 털머위꽃으로 피어
우리는 언제 저기 물결을 이룰까
햇살 한 줌 가슴에 문지방 이룬다

무엇이라 편지글 보내지 못해도
먼 나라 너의 소식은 고운 꿈자리
매일 밤 바람의 펜으로 긁적거린다
국화꽃 한 다발 영정사진이 웃는다

편지

사랑하는 나의 아들
엊그제 찾은 묘궁에는
돌담 너머로 달개비꽃이
소롯길을 수놓았더구나

세상은 온통 코로나19이다
침묵으로 너의 길을
묵묵히 간 때는
다행히 전염병 없을 때

매일처럼 어머니는
편지를 쓰기 위해 바다로 온다
한나절 보내다
석양으로 너를 한가슴에 안아

너울로 구르다 파도로 울다
또 그렇게 물보라로 우노라
아들아, 보고 싶다
그리고 영원히 사랑한다

월대천에서

오늘도 소리 없이 울었다
목젖과 눈시울이 따끔거리고
해질녘은 더 저물어 간다

그대가 서 있던 곳
잠자리 날갯짓으로 가늘게 떨고
바람 차고 물결 울렁이는 월대천
벤치에 나앉은 시간

그대 떠나간 자리
아무 말 없다
멈춰버린 생각만이 생즙으로
가슴앓이 나무처럼 크고 있다

소롯길

저만치서 다가오는
그리움
낮은 돌담 끼고
작은 바람으로 오고 있다

세월의 길목이라고 부르자
손가락 걸던 우리의 약속
능소화 꽃잎 지고

조용히 눈을 감아 본다
지나온 날은 덧없어
안개비 자주 내리지만

그것만으로도 충분한
우리 사랑
맨드라미 까만 꽃씨
바람 한 점
마음자리 가슴에 놓고 있다

해설

해설

독백으로 지새우는 새벽달 닮은 시인

양전형 시인

1.

시는 꼭 멀리 가야 있는 게 아니다. 바로 눈앞에 보이는 사물, 오늘 하루 내가 살아가는 주변, 순간적으로 떠오르는 그 누구를 향한 그리움이거나 애착, 갑자기 옷깃을 펄럭이게 하며 밀려드는 바람의 뜻, 몸체를 버리고 떨어져 날리는 낙엽의 속셈. 그렇다. 내가 의식할 수 있는 모든 공간, 눈이 뜨이는 아침의 순간부터 밤하늘 별이 나를 재워줄 때까지 모든 시간이 다 시를 품고 있는 것이다.

이렇듯, 시는 멀리 있거나 특별한 것이 아니다. 그저 무관심으로 버려두는 것들, 지루하고 무의미하게 반복되는 사소한 일상들이 품고 있는 현상을 다시 살

펴보는 일이 시 쓰기일 것이다. 그 현상을 보며 세상에 있는 어떤 사연이거나 자기의 경험과 상상과 어우러져 어떠한 일을 파생시킬 수 있는 개연성을 느끼고, 그 느낌을 짧은 글로 표현함과 동시에 독자들이 읽고 난 후에 더 많은 걸 느낄 수 있는 여백을 만들어 가는 일이다.

독백으로 지새우는 새벽달을 닮은 강윤심 시인은 그러한 현상들을 그려내며 시적 진술을 해내는 데에 꾸밈이 없이 참 순수하다. 어렵지 않게 써내는 그 쉬운 표현 뒤에 감추어 둔 깊은 사연이거나 더 많은 자신의 마음을 여백으로 남겨 두고 있다.

갈빛 물든 식탁에 앉아
한 장 두 장 연잎 펼치며
아직도 우리 사랑
접을 수 없는 작은 연못
물그림자

한 그루 나무 그늘 마당
참새 떼 불경 읽는 다담에서
그리움에 노랑노랑 생강꽃 핀

산나물무침 한 수저 눈물 고봉

정성으로 저마다의 사연 싸매며
진흙에서 피어오르는 깊은 묵언 수행
-「연밥」 전문

시 「연밥」도 어렵지 않다. 떠오르는 연심戀心만 깊이 감추었을 뿐, 모든 진술은 식당을 찾아가 식사를 하며 주위에 전시된 그림 속에서 불경을 읽고 있는 듯한 참새 떼를 보았고 떠오른 감성에 감추어 둔 심정과 음식을 비벼가며 쓴 시이다. 이렇게 가벼운 일상인 연밥을 먹는 그 순간에도 뭔가 생각을 하며 의미확장을 할 수 있는 사람이 시인들일 것이다.

가을 공원 산책길
마핑고 카페 앞을 지나다
벤치 탁자 위 커피잔을 본다

땡그랑!
새벽 범종으로 오는
가슴 적시는 정안수 한 그릇

아니 어쩜

저 높이 떠 있는 새벽달

밤새 전하지 못한 말을

담아 놓은 잔 같다

-「찻잔」 전문

간단한 일상의 시 「찻잔」 전문이다. 세상사들을 정적인 커피잔 속에 담아 놓았다. 세상 이치 속에서 사물의 존재가 가지는 역할을 가볍게 표현한 시이지만 확장하여 형상화하고 이미지화된 시의 존재감을 느끼게 한다.

이와 같이 일상에서 쓰인 그녀의 시들이 난해하지도 않고 쉽게 쓰인 것 같지만, 이 시들 대부분이 시의 본질을 품고 있으면서 형상화되고 이미지화된 작품들이다.

그를 보면 첫사랑/ 젖다 웃다 또 한잔/

블랙커피보다 달달한/ 믹스커피 생각난다

-「막걸리 한잔」 중에서

건너편 길가/ 보랏빛 산수국 작은 별꽃/

누구를 생각하며/ 저토록 사무치게 피었나

-「제주대학 가는 길」 중에서

2.

시가 좋아서 시를 쓰는 사람이나 시가 좋아서 시를 읽는 사람이나 그 시의 행간마다 느껴지는 모든 정서에 몰두하거나 휩쓸리며 공감이 교감되길 바랄 것이다. 한 편의 시가 강물 한줄기라면 그 강물에 몸 던져 흐르면서 강물의 온도와 깊이와 속도 따위를 느끼며 자기 인생의 온도와 비교하기도 하고 희로애락 속에 이미 내던져진 채 이 세상에다 흐르고 있는 자신을 의식하게 되며 사람이 살아가는 참의미도 생각하게 될 것이다.

詩란 무엇인가를 되짚어 물어보고 시인들은 왜 시를 쓰는 것인가 하고 아무리 의문부호를 던져 봐도 답은 하나, 詩는 그냥 詩다.

시에 무관심하고 별로 좋아하지 않는 사람들이 농담 비슷하게 "시는 시시해서 시다", "가난을 부추기는 게 시다" 따위로 시를 멀리하면서 시의 가치를 폄하하는, 시인들을 기운 빠지게 하는 풍조가 더러 있는 시대이기도 하지만 詩는 정말 詩인 것이다. 詩를 잘 모르겠으면 시와 관련한 서적이나 자료를 통하여 그 가치를 알아보고 여러 사람의 시를 읽으며 자기의 느낌에다 넣고 이리저리 흔들어 볼 일이다.

거의 40여 년의 생명줄을 이어가고 있는 한라산문학동인회처럼 등단 30년이라는 세월을 시와 함께하면서 이 첫 시집을 내고 있는 강 시인의 시를 향한 열망은 대단하다. 이게 바로 시의 정체이며 가치이고 생명이 아니겠는가. 욕심을 내지 않고 아무리 어려운 상황이라도 자신이 손해를 보면서 덤덤하게 받아들이며 살아온 강윤심 시인의 '삶' 자체가 詩라고 해도 무방하다고 나는 생각한다.

> 가게 일 끝나고 돌아오는 길목/ 클린 하우스 음식통을 열고/ 거름망에 걸려있는 소화불량/ 체증을 털며 눈시울 붉다// 불빛 희미하게 안개비 내리고/ 전봇대 위로 하늘하늘 하늘레기/ 대여섯 개 달린 목숨 질긴 마른 줄기/ 서쪽 밤하늘 허리 굽은 하현달// 꽃눈 닮은 울 언니/ 아무렇게 버려진 포장끈/ 살얼음 털어내며 묶던 밴딩 끈/ 자주 풀리기만 하여 적막한// 봉숭아 꽃물 든 손톱 아리며/ 저토록 묶어 단장하셨구나/ 클린 하우스 작은 의자 빈 그림자
>
> -「클린 하우스」 전문

시인은 힘든 일상을 끝내고 돌아오다 클린 하우스

에 들러 음식물 쓰레기를 버리며 보여오는 것들을 그대로 옮겨 쓴다. 주변엔 안개비 내리고 가로등도 희미하다. 하늘레기의 마른 줄기, 하늘엔 허리를 굽힌 채 가고 있는 하현달, 그림자도 비어 있는 옆에 있는 작은 의자, 이 모두가 시인의 시적 서정 속에 그려진다. 그 서정에 문득 떠오르는 언니. 엄동설한에 밴딩끈 작업을 하며 목숨 질긴 하늘레기의 줄기처럼 힘들게 생을 버티던 언니의 꽃물 든 손톱. 이렇듯 아주 가까운 일상의 공간 속 눈앞에 있는 사물들을 그대로 진술하며 눈 뒤의 상념을 언뜻 그려낸다. 이렇게 시는 아주 가까이에서 시인을 기다리고 있는 것이다. 이렇게 쓰고 난 시인 마음의 여백은 읽는 사람들의 몫이 아닐까.

폭설이 내렸다
지상에 이불을 덮어야 할
올 한 해 의무가 있었나 보다

선이에게서 전화가 걸려왔다
소소호호 단짝에게 가자 한다
집에 깔려 있는 홑이불 그냥 두고

밤 눈길 신호등 사거리에서

선아 윤아 서로의 이름 부르며

눈 쌓인 길 걸어간다

머잖아 맞이할

칠순의 세월 속을 걸어간다

-「눈길을 걸으며」 전문

시 「눈길을 걸으며」는 어떤 이야기를 몇 구절만 옮겨 놓은 단순한 이야기이다. 세상 가득 눈이 묻은 날, 집에 누워 있는데 친구에게서 전화가 왔다. 세월을 윤회하며 살아가는 겨울이 또 찾아와 제구실을 하고 있고 그 겨울 속을 친구들끼리 다정하게 걸어간다. 그냥 걸어가는 게 아니다. 다시 와버렸고 더 쌓인 그 세월, 눈앞에 있는 칠순 속을 친구들과 느끼고 있는 것이다. 이 칠순 속에 얼마나 많은 일들이 있겠는가. 세월의 의미를 아는 사람들은 시인이 말을 아껴두는 그 세월 속의 여백을 나름대로 찾아볼 수 있을 것이다.

3.

세상의 조화를 위해 조물주가 만들어 낸 우주의 만물 중에서 대단한 것들을 꼽으라면 꽃을 선순위에 놓고 싶다.

사전의 기본풀이로 “꽃은, 식물의 가지나 줄기 끝에 예쁜 색깔과 모양으로 피어나는 부분”이라 되어 있지만 눈에 보이는 그 유형有形의 꽃 말고도 꽃은, 사람들의 다양한 삶 속에도 피며 산다. 성숙하여 혈기가 한창인 상태의 ‘꽃답다’, 크게 발전하거나 번창함을 ‘꽃피다’, ‘꽃다운 나이’, ‘꽃이 피어버린 사랑’ 등 좋은 인생사를 표현하는 데 다양하게 비유되기도 한다.

강윤심 시인은 들꽃 같다. 그중에서도 제비꽃을 닮았다. 들판이나 도시의 외곽 또는 어느 구석에 화려하지 않으면서 은은하고 조용한 자주색으로 몇 송이 피는 제비꽃을 닮았다. 꽃이 세상을 향해 어떤 원망도 하지 않고 순응하며 피어나듯, 그녀도 여러 세파로부터 많은 할큄을 당하고 힘든 삶을 살지만 세상의 다양한 꽃들 틈에 청초한 모습으로 피어 산다.

> 유난히/얼굴 빰 비벼 대주던// 이제 네 이름만으로도/ 차마 다가설 수 없구나// 어머니/ 냉이된장국

한 그릇 더 주세요// 해마다 냉동고 안에는/ 켜켜이 봄 냉이 쌓아 두면서// 시리도록/ 가슴에만 피는 꽃

-「냉이꽃」 전문

보고 싶다 쓰다 지우고/ 사랑한다 말하다 멈칫 서 버린/ 한가슴 당신을 향합니다// 어제도 그러하듯 물 한 모금/ 당신의 염원 간절하였기에/ 빈손 마음 하나 당신 곁에 있어요// 비 내리는 날/ 믹스커피 한잔 목젖 적시며/ 딩딩 속울음으로 꽃망울 맺고

-「행운목꽃」 전문

어머니와 같이 하던 식사의 정겨운 추억에도 냉이꽃이 피어 함께하고 있고, 문득 누군가가 절절하게 그리우면 비가 내리는 날 꽃망울을 맺힌 행운목꽃과 함께하기도 한다.

아파트 울타리에
두런거리며 앉아 있는
보조개 고운 아씨들

다갈색 머리 흔들며
세상에 찌든 것은

바람결에 떠나보내자는

소연이

늦은 밤 학원에서 돌아올 때

달빛에 비친

앗, 강아지풀 새삼 반가웠을

요 작은 것 생각하니

그리 예쁘다

속살 붉은 가을볕 마당

솜털 고운 얼굴 보노라면

목덜미로 미끄러지는

웃음소리

하늘도 함께 웃고 있다

-「강아지풀」 전문

소연이는 그녀의 딸 이름이다. 강아지풀꽃들이 부드러움과 귀여움으로 하늘하늘하는 게 얼마나 반가웠을까. 밤늦게 돌아오는 딸아이를 가장 먼저 맞이해 줄 이 풀꽃들이 아파트 울타리에서 두런거리며 있는 모습을 보며 행복해하는 시인과 평화로운 서정이 피어 있는 가을볕 마당이 눈앞에 펼쳐진다.

꽃이 피고 지는 과정처럼 사람들의 희로애락도 피고 진다. 그 속에서 뚜렷한 존재로 시간과도 함께한다. 사람을 '꽃답다'는 비유에 맞춰 보면 한 인생이 피어나서 떨어질 순간까지 소중한 '삶'과 덧없는 '허무'가 어우러져 슬프기도 하지만 꽃이 아름다운 건 틀림이 없으므로 사람도 아름다운 것이며 눈이 뜨인 누구든지 현재 피어 있음을 느껴야 하겠다.

강 시인이 꽃을 바라보며 자신의 인생을 형상화하듯, 꽃은 시를 가득 머금어 있기도 하고 시를 잔뜩 품고 있는 사물이다. 그리고 꽃의 대변인은 시인이다. 시인이 꽃의 속내를 파헤치며 잘 간파하고 전달해야 할 것이 아닌가.

4.

황량한 사막/ 타는 목마름으로/ 빗돌처럼/ 버티어 선 사람아// 마르지 않을 오아시스로/ 우리의 꿈/ 홀로 짊어지며/ 땡볕 아래 가시 돋아 선혈로 꽃피우는/ 바윗돌 같은 기약// 노을빛 빗은/ 산호잠 풀리던 초야/ 긴 장막을 뚫고/ 아침으로 온다

-「사우디아라비아」 전문

겨울은/ 다갈색 커피향 속으로 저물고/ 첫눈은 내리지 않습니다// 어둠을 벗 삼은/ 시린 그믐달 모습으로/ 떠오르는 당신의 얼굴/ 너무 멀리 있습니다// 입가에 머무는 순진무구한 웃음/ 영원으로 약지손 걸던/ 높은음자리 사랑이었습니다// 첫눈은 내리지 않습니다/ 첫눈과 함께 오실 당신은/ 그믐달로 높이 떠 있기만 합니다

-「첫눈이 내리면」 전문

강 시인의 남편은 웬만하면 말을 잘 꺼내지 않는다. 그저 웃을 뿐이다. 무뚝뚝한 게 아니라 수줍음이 많은 탓이기도 하다. 독실한 기독교 신자이면서 마음이 착하고 어떤 일에 따지려 들지 않고 남을 미워하거나 싫은 소리도 못 하는 사람이다. 상대방의 감정에 공감을 잘하며 너그러우신 분이다.

남편은 강 시인과의 결혼 전, 강 시인을 좋아하면서도 그 마음을 고백하기가 힘들어 끙끙 앓다가 사우디아라비아로 떠나 버린다. 당시 너도나도 사우디로 떠나는 게 유행이었다. 고생을 전제로 하는 사우디 건설현장이지만 경제적 목적을 두고 가는 것이다. 가족을 위하여 자신을 위하여 팥죽 같은 땀을 팔아 저축을 하는 그런 시절이 있었다.

들은 이야기로, 강 시인의 남편은 삶의 어려움을 극복하려는 의지인지라 그 계획을 상의도 없이 혼자 훌쩍 떠나면서 출발 직전 공항에서 강 시인에게 전화로 알렸다 한다. 위의 시 「사우디아라비아」와 「첫눈이 내리면」이 당시를 말해주고 있다.

> 가늘게 부는 바람/ 멀리멀리 가고 나면/ 저 하늘 낮달쯤에/ 어머니 계신 것 같다// 온몸 은빛 화문 그리는/ 포플러 그늘 아래/ 소낙비 내리치듯/ 누구를 찾는 것 같은/ 자지러지는 매미소리// 낮달을 보며/ 어머니!/ 저렇게 떼쓰고 싶어요
>
> -「낮달과 어머니」 전문

> 유난히 추위를 타는 딸을/ 시집보내며/ "등 시리면 껴입어라"/ 차렵저고리 주시던 어머니// 머리에 쪽 지고/ 언제나 하얀 치마저고리 모습으로/ 신앙생활 하시던 어머니 일생은/ 엄숙한 외곬 인생
>
> -「뒤란의 목화」 중에서

상념에 젖어 있곤 하는 시인에게 어머니와 아버지는 언제나 가까이 있다. 저 하늘 낮달쯤에 계신 어머니를 생각하며 누구를 부르는 듯한 자지러지는 매미

소리를 들으면 어머니에게 저런 떼를 쓰고 싶어 하기도 하고, 딸의 추위를 걱정하며 차렵저고리를 주시던 어머니를 그리워한다.

> 간밤 뒤척이던 한숨을 끌고 가는 파도/ 휘청이는 아침/ 그물 치다 말고/ 식은 보리밥 한 술 베어 물면/ 파도는 또다시 날을 세우고// 70 평생/ 한 뒷박의 자리돔 퍼올린/ 텅 빈 가슴/ 너울 칠 때마다/ 훅, 훅/ 큰 숨 들이킨다
>
> -「터」 중에서

> 새어드는 문풍지 바람/ 밤새워 주낙 꿰며/ 대청마루 그물 치는/ 기침 소리// 그 소리마저 겨울/ 신새벽/ 깊은 바다로 끌고 가/ 너울 일으키는
>
> -「아버지의 겨울」 중에서

위의 시, 「터」와 「아버지의 겨울」은 유년의 기억 속에 선명한 강 시인의 아버지 모습이며 그 그림들을 소환한 시들이다.

> 소연아/ 너의 눈을 보면/ 이 엄마는 죄인이란다
>
> -「저녁 이미지」 중에서

울어라// 한 치 물러서지 않는 고독/ 촛대에 심지 박고/ 타 들어 흐르는/ 촉루처럼 아프게 울어라// "엄마, 귀뚜라미 두 마리가/ 울면 좋겠다"/ 소연이가 한 말 사포질하는 밤

-「베란다에서 우는 귀뚜라미」 중에서

초저녁 하늘에 별 하나/ 가슴에 지닌 기억/ 눈가로 달무리 진다// 사진을 꺼내 보다/ 개울물 소리로 닿는/ 물빛 고운 울 오빠// 그해 새벽 귀갓길/ 여름 소나기 여울지며/ 둥둥 둥둥/ 지지 않는 포말꽃

-「오누이」 전문

사랑하는 딸과 교감하는 정겨운 시간들이다. 시 「베란다에서 우는 귀뚜라미」는 어린 딸이 귀뚜라미 소리가 재미있고 좋았는지 두 마리가 함께 울면 이중창 음악처럼 더 좋겠다고 하는, 어느 가을날 일상에서 모녀지간의 넉넉한 정서이다. 요즘은 그 딸이 낳은 손자 돌봄에 시인은 너무 기쁘고 행복하다고 한다.

5.

물이끼 푸른 돌 틈에서
추억이 자라고 있다

그해 여름
강일 함께 뜯은 돌미나리
새콤하게 무쳐 차려 놓은
밥상머리 웃음소리

물그림자는
우리의 서툰 이별처럼
날아가지 못하는데

물관을 이루며
눈물처럼 혈행만 하는데
숨죽여 멍울지는 내 목울음

-「개울가에 앉아」 전문

넘어갈 수 없는 강/ 바라보고만 있어도 젖어오는/ 내 안의 눈물샘/ 한나절 낮달로 오래 울었다// 계절이 오고 지나가는 길목/ 노랗게 털머위꽃으로 피어/ 우리는 언제 저기 물결을 이룰까/ 햇살 한 줌 가슴에 문지방 이룬다// 무엇이라 편지글 보내지 못해도/ 먼 나라 너의 소식은 고운 꿈자리/ 매일 밤 바람의 펜으로 긁적거린다/ 국화꽃 한 다발 영정사진이 웃는다

-「문지방」 전문

예상 못 한 불의의 교통사고로 하나 있는 아들을 잃은 부모의 비통함을 어떻게 말로 표현할 수 있을까. 가슴이 미어터지고 걷잡을 수 없는 안절부절함에 꼭 자신이 지은 죄처럼 안타깝고 생활을 이어나가기가 어려울 것이다.

강 시인은 2018년 8월 16일 스물아홉 살 된 그 아들을 잃고 한동안 사는 게 아닌 삶이었다. 갈기갈기 찢어진 가슴은 뻥 뚫려 바람만 지나갈 정도로 허망했으리라. 어디에 가도 보이지 않는 아들, 그래도 어디에 가도 있을 것만 같은 아들. 시인은 황망한 정신으로 정처없이 이곳저곳을 헤매 다녔다. 아들과의 추억이 있는 곳이면 어디든 가고 싶었다. 적어도 그곳에는 그리운 아들의 흔적이 있을 것 같고 향취가 있고 공유했던 행복이 있고, 무언의 대화를 통해 마음을 잠시나마 편히 눕힐 수 있어서일 것이다.

이별이라 하지 말자/ 잠시 떨어져 있다 곁으로 오는/ 바람이라 하자// 그러나 생각 떠올라 가슴 아프면/ 길 밖에 잠시 있자/ 어딘들 아프지 않은가// 보도블록 사이로 돋아난 풀포기/ 무슨 사연으로 고개 내밀고/ 하염없는가// 이별은 기다림이다/ 네게로 갈 수 있는 희망 하나/ 가슴에 고여 언제나 출렁거린다

-「우리는」 전문

"믿기지 않는 이별은 없는 것으로 하자. 바람처럼 왔다 가며 다시 만날 수 있을 것이다. 하지만 보이는 것마다 다 슬프고 아프다. 구석진 곳에서 고개 내민 풀포기 하나도 하염없는 내 슬픔을 알고 있는 것 같다. 그러나 언젠가는 우리 다시 만난다. 기다리면 네게로 갈 수 있는 날이 있다. 그 기다림은 언제나 출렁거린다" 독백처럼 쓰인 시 「우리는」에서 시인의 마음을 읽을 수 있다.

이 아픔에서도 시인은 상대방 운전자를 용서해 줬다. 자기의 아들처럼 젊은 사람이라 그 운전자의 미래를 위해 죄를 묻지도 않았고 그 사람의 어려운 형편을 듣고 경제적으로도 핍박하지 않고 너그럽게 용서를 했다. 이 상황을 듣는 사람 대부분이 이해가

안 될 부분이고 강 시인과 그 부군이 너무나 바보스러운 사람으로 보이겠지만, 나는 긴 세월 그 옆에서 그들을 지켜보며 살아왔다. 이들 부부는 그런 사람들이며 이분들에게 나도 인간을 많이 배운다.

어머니 내의가 원피스 속치마 같아요/ 아들의 말이 속살 고운 바람결로/ 머리맡에 닥종이 스탠드 불처럼 켜 있다// 그해 아들이 사준 여름 내의/ 세월 따라 길게 마직모의 속치마 닮다/ 구레나룻 눈썹 짙은 울음이/ 천상의 노래처럼 자꾸 내려온다

-「린넨 내의」 중에서

물결이 부여잡은 슬픔/ 어디로 끌고 가는가/ 바다는 수만 리 길 망망한데// 아까부터 끄륵끄륵/ 갯가에 울고 있는 물새 한 마리

-「외도천 해질녘」 중에서

새벽 하늘에/ 별이 지고 있다// 안개는 자욱하고/ 딩, 딩,/ 풍경이 숨죽여 운다// 시린 하늘에/ 까마귀떼 울음// 아,/ 전하지도 부르지도 못하는/ 나의 그리움// 마른 풀섶 위/ 눈물꽃/ 잔설로 앉아 있네

-「산천단의 겨울」 전문

아들이 사줬던 여름 내의에서 천상의 노래가 들려오고, 외도천에 가 보면 오늘은 다른 울음이 들리는 듯하고 바다를 가로지르는 해거름이 눈시울 뜨겁게 울고 있기도 한다. 아들과 함께 자주 바라보던 산천단에 겨울이 다시 오고 잠 못 이루는 밤 산천단의 자욱한 안개 풍경과 까마귀 떼 울음소리 들려도 자신은 그리움을 전하지도 못하는 눈물꽃으로 피어 있다.

강 시인은 아들을 그렇게 잃고 설명하기 어려운 슬픔을 견뎌내며 이제는 그 아들을 가슴 깊이 묻은 후, 평온을 되찾고 현실을 받아들였다. 그리고 문득문득 떠오르는 아픔을 누르는 힘도 생겼다.

그녀는 자연 속에서 또 자연의 하나이다. 들꽃 따라 떠난 길에서 제비꽃을 만나면 자신도 덩달아 피며 그 옆에서 바람과 함께 흔들리고, 새로운 그림이 되면서도 기교를 부리지 않는 순수한 시심을 보여준다. 삶이 무언가에 베여 따끔거려도 타인의 삶을 끌어안을 줄 아는 시인이다. 이제 집에서는 따뜻한 아내이며 어머니이며 할머니이기도 하다.

바다처럼 넓은 마음을 지닌 시인. 바닷가에서 태어나 그런 것일까. 바다의 넓은 품이 그녀를 키워내서

인지도 모르겠다.

> 휴일 텔레비전 보는 남편 옆에서/ 신문 펼쳐 놓고 손톱을 자르다/ 언제 적 무명실로 열 손가락 싸매며/ 봉숭아 꽃물 들여주던 남편/ 머리카락은 잦은 염색으로 갈빛이다// 힘주어야 잘 떨어지는 무딘 엄지손톱/ 뚝 소리 함께 손톱 끝 마지막 꽃물/ 처마에서 떨어지는 고드름처럼/ 내 몸에서 하나둘 떨어지고 있다// 그믐께 내리는 희미한 달빛/ 이부자리에는 더이상/ 달무리 고운 꽃물이 들지 않는다/ 속바지에 시린 무르팍/ 덧버선만이 벽을 향하여 돌아눕는다
>
> -「갱년기」 전문

시 「갱년기」는 이 시집에 올리지 못한 시이지만, 어느 한가한 날 힘든 세상을 다 잊은 듯한 부부의 그림 같은 풍경 중 하나이다.

강 시인의 시와 관련한 인생을 여기에 모두 풀어놓을 수는 없다. 그래도 그동안 강 시인의 작품 중에서 고운 곡을 붙인 시 「줌 녀」, 「제비꽃」, 「어느 날의 여정」, 「그리움이 있는 곳」, 「별도봉 그 바닷가」 등 20여

편은 가곡으로 불리며 또 다른 감동으로 알려지고 있기도 하다.

그녀는 1990년대 후반 '재능시 낭송대회 제주지역 예선대회'에서 우승을 하면서 낭송가로도 데뷔하여 맑고 감성적인 음성으로 활동하며 대중에 그 면모를 보여주기도 했었다.

강 시인은 1987년 한라산문학동인회 창립회원으로서 거의 40여 년 된 한라산문학동인회의 산증인이며 보물이다. 1996년 계간 《해동문학》으로 등단한 후 30여 년 동안 열심히 살아가는 개인 생활 속에 틈틈이 시를 써왔고 시집을 내야겠다는 마음을 긴 세월 동안 가지고 있다가 이제 그 첫 시집을 내고 있으니 축하의 큰 박수를 보내지 않을 수 없다. 그동안 신인 마인드로 쓴 작품이 300편을 넘고 있으니 제2, 제3 시집도 어렵지 않게 나오리라 믿으며 힘찬 응원을 보낸다.

속울음으로 꽃망울 맺고

2025년 4월 8일 초판 1쇄 발행

지은이　강윤심
펴낸이　김영훈
편집　김지희
디자인　이은아
편집부　부건영, 김영훈
펴낸곳　한그루
제주특별자치도 제주시 복지로1길 21
전화 064-723-7580　전송 064-753-7580
전자우편 onetreebook@daum.net　누리방 onetreebook.com

ISBN 979-11-6867-216-1 (03810)

값 10,000원